我的吸血鬼同學

02
獵人大追捕

創作繪畫・余遠鍠　　　故事文字・陳四月

目錄

迦南

擁有金黃魔力的人類少女。好奇心重，領悟力強，平易近人的她曾被黑暗勢力封印起她的魔力，是九頭蛇想捉拿的人。

安德魯

吸血鬼高材生。外形冷酷，沈默寡言，喜歡閱讀的他想找出失蹤多年的父親，對迦南格外關心。

卡爾

胃口極大的人狼。是學園小食部常客，身材健碩，熱愛跑步，經常遲到的他和安德魯自小已認識。

米露

身手靈活的貓女。像貓兒一樣喜歡捕捉會動的物件，有收集剪報的習慣，熱愛攝影的她夢想成為魔法世界的記者。

美杜莎

蛇髮妖族的後裔。由於這一族的妖魔出了很多危害國家的罪犯，所以美杜莎在學園也被杯葛孤立。沒有朋友的她嫉妒受歡迎的迦南，更向迦南作出挑戰。

法蘭

魔幻學園的訓導主任。同時是學園舊生的他因為一次事故變成半人半機械的模樣。表面對學生嚴屬其實十分疼愛學生。

史提芬

迦南的父親。是魔幻學園的魔法科老師，和法蘭是好朋友，致力於作育英才。

玥華

迦南的母親。魔幻學園中東方學園中畢業生，擅長使用符咒法術的大法師，婚後成為全職家庭主婦，照顧迦南。

艾爾文

隸屬公會的吸血鬼獵人。因為父親被吸血鬼害死而十分痛恨吸血鬼，個性剛烈的他擅長使用長劍。

艾翠絲

艾爾文的妹妹。同樣因為仇恨踏上獵人之路，以一雙手槍協助艾爾文執行任務，是艾爾文最重要的親人和拍檔。

賽伯拉斯

黑魔法派的幹部。真身是三頭魔犬，為了捉拿迦南而來到人界。三頭魔犬擁有三重人格：狂暴、炎猾和冷靜兼備的他，是個極度危險人物。

第一章

年度班際飛行競技賽

魔幻王國的一處荒野墓地之內，九頭蛇海德拉悲傷地看著一個墓碑。

「父親，我一定會完成你的遺願。」黑魔法派的領袖**劫後重生**，十年前的戰火又再開始燃起。為了奪取金黃魔力，救活預言中將會枯死的「**魔界樹**」，黑魔法派為此不惜付出一切代價。

「海德拉大人。」黑魔法派的餘黨得知領袖復活紛紛聚集起來，一個又一個穿著黑袍的身影閃現到荒野墓地。

「我等定必追隨大人，直至生命耗盡。」在戰爭中幸存的幹部們一直**銷聲匿跡**，靜待時機成熟。

「魔幻學園的校長巴哈姆特已知會國王，有關大人你復活一事，但國內仍然一片平靜，想必是國王有意**打壓消息**。」吸血鬼幹部向海德拉稟報。

「國王害怕我的復活會導致**國民恐慌**，想低調行事吧。」像十年前一樣，支持海德拉的人仍然不少，國王害怕國家會再次分裂。

末日的預言還在蠶食國民的心靈，「魔界樹」一旦倒塌，魔幻王國內所有人也無法

幸存。

　　「這樣正合我意，國王愈是低調，我們的行動就愈順利，開始捉拿擁有金黃魔力的人吧，無論是藏在魔法世界的，還是在人類世界的。」海德拉發施號令，一眾黨員四出向各地出發，除了一人在起行前被海德拉叫住。

　　我遇上了你的兒子，在魔幻學園之內。

九頭蛇盯緊吸血鬼。

　　「從我決定追隨大人以來，我就不再是那家族的成員，再沒有兒子。」吸血鬼冷酷地說。

　　「那孩子保護著擁有**金黃魔力**的女孩，他有可以利用的價值。」海德拉盤算著另一計謀。

「戰爭不是小孩子該牽涉的事，捉拿金黃魔力持有者一事，我定會辦妥。」然後吸血鬼在海德拉面前霧化消失。

「愚昧的吸血鬼啊，在**末日降臨**之時，死神是不會優待孩子的，只有死亡會公平對待每個生命……」海德拉不會理會世人的眼光，在他的拯救世界計劃裡，他就是絕對的正義。

魔幻學園之內洋溢一片歡騰熱鬧的氣氛，西方學園的全校師生也在觀賞學期結束前最後的盛事，班際飛行障礙賽。

「同學！排隊呀！卡爾你還未付錢的！」小食部人潮洶湧，店長八爪魚奧莫的八隻觸手也忙得不可開交。

「一個二個爭先恐後的傢伙，給我通通變成石像吧！石化光線！」耐性欠奉的蛇髮魔女美杜莎把人群石化，施施然走到前方。

「美杜莎，不能亂對同學進行石化呀……」奧莫**沒好氣**地說。

「比賽開始了，我得趕快看迦南和安德魯的表現。」美杜莎匆忙地挑選零食結帳。

「對了，奧莫你不用去藍湖準備嗎？」貓女米露問。

「呵呵～你們以為正式比賽和選拔賽會完全一樣嗎？這次的難度將會更高啊。」在選拔賽時變身大八爪魚阻攔學生的奧莫說。

「竟然！我們快走吧！」擔心迦南的美杜莎立即坐上飛行掃帚向觀眾聚集的**大屏幕**出發。

「**等等啊！**」卡爾和米露也全速奔跑追上。

「這叫人**擔憂**的丫頭，總算交到朋友了呢。」望著三人離去的奧莫感到安慰。

大銀幕前聚集了眾多師生，因為一年一度的**班際飛行競技賽**已正式開始，一至三年級組成的初級組別中，迦南、安德魯和比比組成的隊伍已晉身**決賽**，與最後三隊共九人一同競逐冠軍。

　　「副校長你也來觀賞賽事嗎？」迦南的爸爸魔法老師說。

　　「這既是一年一度的盛事，又能看到學生成長的成果，我當然**不會錯過**。老師你呢？擔心迦南嗎？」美女副校長菲尼克斯說。

　　「哈哈，這孩子進步了不少，本來擔心她要留級的，幸好在其他同學幫忙補習之下成功通過考試了。」魔法老師抓著頭皮說。

「這才是魔法學園的精神，**不同種族**的學生互相協助，就沒有辦不到的事。」菲尼克斯微笑地說。

「對了，訓導主任法蘭呢？他不是很喜歡這比賽的嗎？」菲尼克斯問。

「那傢伙就是太**熱衷**了……希望他不會玩過頭吧。」魔法老師苦笑著說。

決賽路線和選拔賽完全一樣，三班中只要有一位隊員最先到達終點把金蛋放到金杯中就能得到冠軍，而在第一賽段西方學園路上，一眾選手已陷入苦況。

「小心！這些無人盔甲的動作比過去更靈活了。」一馬當先的安德魯說。

「連外形也不同了，這設計是參照國際象棋吧？」緊隨其後的鳥人比比邊迴避士兵的利劍邊說。

士兵、騎兵、城堡、主教、皇后，不同的無人盔甲正跟從**國際象棋**的步法向選手攻擊，已有兩名選手不幸被擊倒地上失去比賽資格。

「防禦魔法！橡皮球！」迦南馬上以魔法造出包圍自己的橡皮球擋住騎兵的突襲。「關鍵是步法，它們的移動模式也和國際象棋的一樣。」安德魯留意到只會直移和橫移的城堡，還有米字形移動的皇后都保持著固定方式移動。

「真的呢，不愧是**高材生**啊！觀察力真強。」三年班的參賽隊伍聽到安德魯的話後全速前進，成功迴避多個無人盔甲。

三年班的隊伍還餘下龍女和精靈女，二年班的隊伍則餘下水妖男和蜘蛛男。

「高年級的選手速度都很快，我們要趕緊追上。」比比**不甘落後**，他們的隊伍正被拉遠距離。

「安德魯你別顧慮我，全力跟上他們吧。」迦南漸覺自己拖慢了隊友。

「這是團隊賽事呀，而且現在只是第一賽段，最重要的是**保留實力**。」安德魯踢散了迦南面前的無人盔甲，為她開出安全的飛行路線。

「除了國王之外其他象棋都在這裡，國王恐怕留守在最後呢。」安德魯數算著無人盔甲。

西方學園賽段的難度**大幅提升**，更多機關陷阱迎接參賽的選手們，但還是攔阻不了三年班的龍女，在精靈提供的防禦魔法保護下，龍女和精靈女已率先進入第一賽段的最後關卡。

「國際象棋的國王原來是法蘭老師嗎？」
要通過學園必須先過訓導主任法蘭這關。

　　「龍族的後裔嗎？我可不會手下留情啊。」
熱愛這飛行競技賽的法蘭除了精心設計更多陷
阱外，還親身上陣成為學生的障礙。

　　「**看招！龍炎火球！**」不同的魔族
擁有特別的技能，龍族不用繪畫魔法陣已能從
口腔噴出火焰。

法蘭立即施展防禦魔法，兩手的鐵鏈再襲向龍女和精靈女。

　　「蜘蛛黏絲！」緊隨其後的二年級選手蜘蛛男在飛行掃帚上伸手放出蜘蛛線。

　　蜘蛛線纏上了鐵鏈，但瘦弱的蜘蛛男反被法蘭猛力扯離掃帚掉到地上，再有一名選手失去資格。

　　「不愧是訓導主任，簡直和**科學怪人**一樣……」鳥人比比也趕到並以風魔法想打破法蘭的防禦，但集幾個同學的攻擊也沒有成效。

　　「我要再加強火力，向我使用強化魔法吧。」倔強的龍女對同隊的精靈女說。

　　「這樣是攻不破**銅牆鐵壁**的！」終於從後趕上的安德魯高聲說。

　　「那應該怎麼辦？」迦南和安德魯並排飛行。

「看看法蘭腳下的十字圖案，他就是這局棋的國王了，我們要做的不是攻破他的防禦，而是把他迫出十字。」安德魯**胸有成竹**地說。

「我明白了！防禦魔法，銅牆鐵壁！」迦南立即在前方釋放防禦牆。

「被發現了嗎？這兩個天份不錯的孩子。」法蘭笑著**嚴陣以待**。

「安德魯！迦南！要怎麼辦？」比比對高速飛上前的兩人說。

「一起上，把訓導主任推出陣地！」迦南和法蘭的魔法防禦牆轟隆相撞，安德魯立即衝上前加強力度，其他選手聽到後也一起衝向前方協助。

眾人奮力向前推，集多人之力對抗訓導主任築起的高牆。

「**很好，你們合格了。**」法蘭終於被推出十字，並解除魔法牆讓選手通過。

　　安德魯和迦南**相視而笑**，過法蘭後把
金蛋放到金杯之內，第一賽段最終以一年班三
人領先，三年班的龍女和精靈女緊隨其後，二
年班只餘下水妖男。

　　「玩得愉快嗎？」魔法老師轉移到倒下的
法蘭面前伸出右手。

　　「**學生們又再成長了**，害我差點
想認真阻攔他們。」法蘭訂下了不踏出十字的
規則，如果他任意進攻恐怕這次比賽無人能進
入第二賽段。

「這是學生的盛事呀，做老師的怎能這樣亂來。」魔法老師扶起了法蘭。

「吓？你不知道在第二賽段內，有個比我更亂來的人在**引頸以待**嗎？」法蘭意味深長地說。

賽事結束之後，學園也會暫時關閉至下一學年度才開放，所以這賽事除了是學生的盛事，也是教職員試驗**學生成果**的機會。

◆第二章◆
學期結束了

　　第二賽段藍湖，選手除了要提防從湖內突然撲出的跳躍劍魚外，在選拔賽時小食部店長奧莫更化身大八爪魚襲擊學生，但來到決賽卻不見了大八爪魚，取而代之的是讓選手更驚訝的**龐然大物**。

　　「難怪八爪魚大叔今天照常營業，原來藍湖換了這麼驚人的對手。」卡爾大口吃著彩雲棉花糖，身體**五顏六色**地變化著。

　　「幸好我沒有通過選拔……怎可能要求學生和巨龍做對手的？」美杜莎沒好氣地說。

　　「不是普通的巨龍啊，巴哈姆特校長是聞名於世的**超級魔龍**啊。」米露和眾人轉移到藍湖附近的觀眾席，未來想要任職記者的她不忘拍下巨龍長吼的照片。

「學生們！來挑戰老夫吧！把這一年努力學習得來的成果，展示給熱愛教育的老夫看吧！」異常興奮的校長以**巨龍**姿勢屹立湖中，氣勢迫人的他教參賽選手全都不敢妄動。

「校長！怎會連你也參與其中的？」魔法老師想不到法蘭說那位**引頸以待**的人物，是校長。

「校長說今年的參賽者都很有潛質，所以想親自考驗一下呢。」副校長菲尼克斯說。

「問題是面對巨龍，學生們有沒有前進的勇氣。」法蘭看著還躊躇不前的學生說。

但在參賽者中，也有膽識量過人的年輕人。

爺爺！你怎會在這裡的？

氣憤的龍女對巴哈姆特大叫。

「難得孫女你也參賽，老夫想來一起玩嘛……」被叱喝的巴哈姆特其實視孫女為心肝寶貝。

「你想把我們全部淘汰嗎？這樣的話今年比賽就無人勝出了啦！」在過去兩年比賽都有傑出表現的龍女妮娜向爺爺噴出火球。

「只是玩玩罷了呀，老夫會**手下留情**的……孫女生氣時真可怕！」巨龍巴哈姆特在孫女面前不禁畏縮起來。

「是機會！校長不會認真進攻的！」鳥人比比趁機高速低飛，拜巨龍所賜劍魚們今天全都躲起來，湖面十分平靜。

「*別輕舉妄動！*」安德魯話未說完，比比已被巨龍的尾巴擊中掉到湖中。

「雖然不會全力以赴，但老夫也不打算讓你們輕鬆過關啊。」巴哈姆特口中的火焰已蓄勢待發。

「向我使用**強化魔法**吧。」龍女妮娜向精靈女說。「龍焰火球！強化版！」妮娜在隊友支援下噴出更大的火球，和巴哈姆特噴出

的相撞抵消。

「不錯嘛，那要是再大一點的火球，還能擋住嗎？」巴哈姆特準備再次攻擊。

「要單靠一己之力通過這一關是不可行的，學長學姐能助我**一臂之力**嗎？」安德魯深感力量差距，但他同時發現這地理存在對他們有利的地方。

「你有計劃嗎？」水妖男說。

「龍女學姐繼續和校長對峙，精靈女學姐也繼續提供支援，我需要水妖學長的特殊能力。」在一瞬之間安德魯已想出對策，這是他個人最出色的**洞察力**。

「唯有聽你說了，我要使出更強的火球！」妮娜也對這一年級生**刮目相看**。

「迦南，我們用你花了最長時間才學會的那招。」不只洞察力，安德魯和迦南更有絕佳的默契。

迦南立即開始以**魔法杖**繪畫大型魔法陣，而安德魯在水妖男耳邊說出計劃後，便開始飛向巴哈姆特的頭部。

「這小子會想出怎樣的策略呢？」巴哈姆特以火球和孫女對擊，尾巴隨時準備擊落想過他的學生。

「要再**強一點**的魔力！再來一次強化魔法！」妮娜再度加強力量，就算爺爺的火球愈來愈強，她也抵擋得住。

「孫女的力量不俗，但持續使用強化魔法精靈的魔力快要耗盡，水妖正在催谷魔力但又不作攻擊，迦南在畫的魔法陣就是計劃的真相吧。」大型魔法的弱點是製作需時，浮現在半空的魔法陣也會被熟悉魔法的對手看出，巴哈姆特想偷瞄向迦南，但卻被眼前的黑霧遮蔽了視線。

「霧化。」飛向巴哈姆特的安德魯一直在盤算此事，要是計劃被看穿一切就化為烏有。

「是現在了！」水妖族能以魔力驅使液體，廣闊的藍湖正是他能最佳發揮的舞台。

湖水被捲向上空包圍巴哈姆特，迦南的魔法陣也終於完成。

「特大冰霜魔法！」迦南一直準備的魔法終於派上用場，包圍巴哈姆特的水一併結成巨冰。

由於父親是魔法老師，迦南最用心學習的就是魔法陣繪畫，加上天賦的**黃金魔力**，讓她年紀輕輕就能使出大型魔法。

　　「要把握時間，這種程度的魔法困不了校長多久。」安德魯回到迦南身邊說。

　　「這計劃很出色呢，但我的魔力消耗盡了，餘下的賽段你們加油吧。」水妖**力竭筋疲**，決定棄權。

　　「我也是，妮娜要加油啊，不要輸給一年級生。」精靈女也無力繼續比賽，要戰勝強大的巨龍各隊除了同心協力還付出了代價。

但要過高牆，為同伴犧牲有時候是在所難免的事。通過藍湖進入最後直路賽事的，就只餘下迦南、安德魯和妮娜三人了。

「竟然想到用冰封，安德魯適當地利用了地形和屬性的優勢，還把其他選手的長處發揮出來，他有擔當領導者的才能。」魔法老師和法蘭轉移到終點處靜候賽果，安德魯的表現教他大為意外。

「他的確超群，但也只是在學生的範圍內，相比黑魔法派或獵人他還差很遠。」法蘭苛刻地說。

「他還只是個孩子呀。」迦南的爸爸看到未來將會更活躍的**後起之秀**。

「學園關閉的期間我會到魔藥研究院一趟，海德拉復活一事雖然未被國民知道，但要是消息傳開，魔法樹枯萎的預言又會讓全國恐慌。」教授魔藥科的法蘭在魔藥研究上有出色的成就。「去協助開發 **治癒藥** 嗎？我會和校長一起調查黑魔法派的下落，畢竟他的目標是擁有金黃魔力的人，魔法學園相信會再次成為目標。」除了迦南之外，魔法學園還有另一個學生擁有金黃魔力。

「像這樣歡樂的日子，希望能長長久久持續下去吧。」法蘭擔憂著這世界的未來。

回到賽事現場，最後三名選手已進入第三賽段，這賽段不會再有障礙，只要在霧林上空首先飛到終點就能成為**冠軍**。

「一年級生！別想逃掉！」稍微落後的妮娜向前方的兩人放出火球。

　　「龍族果然不容小覷，來到這階段還有餘力追擊我們。」安德魯和迦南連忙閃避。

　　「該怎麼辦好？我的魔力不夠再使出高級**防禦魔法**了。」迦南連番使用魔法消耗已太大。

　　「這是隊制比賽呀，要勝利的話只要一名選手先到終點就行了。」安德魯說罷轉身停止了加速。

　　迦南回望著安德魯的背影…

安德魯？

「我來擋著學姐，你就全力飛向終點吧。」安德魯看出**隊制比賽**的重點，像精靈和水妖一樣，為了讓其他人前進，偶然要放下個人的勝負。

「膽子真大呢，不只冰住了爺爺，還消耗掉精靈和水妖的力量，現在只要攔下我，你的隊友就能先到終點了。」面對**嚴陣戒備**的安德魯，妮娜也停下了步伐。

「被學姐看穿了呢。」然後安德魯率先同妮娜展開攻擊。

「我就陪你玩玩吧，一年級生。」妮娜也認真地迎戰安德魯。

霧林上空**暢通無阻**，全速飛行的迦南身旁卻出現了嚇她一跳的身影。

「校長！」巴哈姆特追上了迦南。

放心吧小迦南，老夫只是想陪你飛一會兒，能在藍湖團結一心把我封住，你們都合格了。

　　巴哈姆特只是想測試一下學生，並沒有想再度阻攔。

　　「那樣的大型魔法也困不住龍啊……」迦南深感意外。

　　「呵呵～～這世界是很大的，和老夫一樣厲害的人物**比比皆是**，你們要學習的東西還很多。」巴哈姆特擔心這位背負沉重命運的女孩。

「迦南，海德拉的事情你已知道了吧，身懷金黃魔力的你雖然會變得愈來愈強，但同樣會被黑魔法派盯上……」這事實讓作為校長的巴哈姆特心痛。

「我不怕，我會努力善用這力量的。」曾被擄走的迦南已回想起讓她害怕蛇的原因，但現在她有力量去對抗外來威脅。

「你有很好的伙伴，今年的飛行競技賽……你們贏得很漂亮。」巴哈姆特對這班學生的成長感到欣慰。

迦南把金蛋放到最後的金杯之內，飛行競技賽終於結束。

「**恭喜！我們班獲得冠軍了！喵～**」

宿舍內米露高呼拍掌，為凱旋歸來的同學進行慶祝晚會。「想不到能贏過三年班的隊伍，厲害啊迦南。」美杜莎向迦南碰杯。

「謝謝……」迦南靦腆地笑著說。

「但安德魯被痛扁了一頓啦，看到三年班的妮娜拖著負傷的你到終點時我真的嚇了一跳，但心裡卻十分痛快。」胃口大開的卡爾邊吃邊說。為了讓迦南盡快去到終點，安德魯隻身挑戰三年級的龍女妮娜，雖然安德魯已傾盡全力，但還是比不上**龍族的後裔**。

「妮娜學姐是校長親自培訓的龍族新星，要是能發揮吸血鬼的最強模

式……或許能打成平手吧。」安德魯深明兩人
實力的差距。

「吸血鬼的最強模式？」迦南好奇地問。

卡爾解釋著說……

某些魔族擁有爆發強大力量的特
殊條件，人狼是在月圓之夜，吸
血鬼則是吸入人類的鮮血，但使
用這種力量都會有副作用的。

「原來吸血鬼會吸人
血是真的嗎？」迦南想起
電影中常看到的情節。

「無論在人界還是**魔幻世界**，那也是被禁止的事啦，我只是說說罷了。」表面冷傲的安德魯也有很強的好勝心。

「對了，明天開始學園就暫時關閉了，大家會去哪裡呀？喵～」米露問。

「我要回老家一趟啊，不然老媽以後也不會寄零用錢給我的。」卡爾擔心**無零用錢**買零食。

「我也該回去吧，畢竟宿舍也會關閉。」美杜莎說。

「回家嗎？」迦南回想起自來到魔幻學園後也未曾和媽媽聯絡。

學園關閉的兩個月，大多數學生也會回到自己**老家**，但亦有些同學卻沒有想要回去的容身之所，例如安德魯。

安德魯待其他同學也睡了
後偷偷找迦南到屋頂說……

迦南，我可以
跟你回家嗎？

「那那那那那……
即是要和我同居嗎？」
迦南臉紅耳赤，口吃著說。

經過海德拉襲擊一役
之後，兩人雖然感情增進了不少，但迦南忙於
補習同時又要為飛行競技賽訓練，兩人少了很
多獨處的時間。

「我……不想回吸血鬼城堡。」因為父親加入了黑魔法派，安德魯的家人都被族人排擠責罵。「那就跟我回人界吧，我擔當你的導遊帶你**四處遊玩**，再者你也認識我的媽媽，相信媽媽也會高興的。」迦南意識到安德魯難過的原因，決定帶他到人界暫住。

吸血鬼和人類的同居生活即將展開，但海德拉再次出現，危險的地方不只限於魔法世界，和平光景之下黑暗影子已在人界**蠢蠢欲動**。

乘坐通往世界各地的魔法纜車站內人潮洶湧，大家都準備回到各自的家鄉，迦南再一次坐上紅色的纜車，但對坐的不再是他的爸爸，而是總讓她**心跳莫名**的安德魯。

但讓少女心動的安德魯，此刻卻若有所思，一言不發呆望著纜車外。

「上一次和爸爸坐這個時周圍也沒有其他人，現在漫天都是紅色纜車感覺很神奇呢。」迦南試著**打開話題**。

「我初到魔幻學園時，也是你的爸爸陪我坐纜車的，還有你的媽媽也在。」安德魯回想起昔日情境微笑著說。

「*真的嗎？*」迦南驚訝地說。

「嗯，他們慌忙地幫我檢查行李，比我還要緊張似的。」因為安德魯的爸爸和迦南的父母從學生時代已是**友人**，所以對安德魯也視如己出。

「待會媽媽見到你時一定會很高興的，我還未告訴她，你會來我家暫住呢。」迦南想像母親嚇倒的樣子，狡黠地笑著說。

說著笑著，纜車終於來到人界，由於安德魯是魔幻學園的學生，到訪人界不需要繁複的**申請程序**，否則必須通過公會的批核，從魔幻世界來的妖魔才能在人界逗留。

迦南家門外，迦南的媽媽看到女兒旁邊男性的身影，便驚叫起來。

迦南的媽媽抱緊迦南激動地說⋯⋯

離家才不過半年，我的女兒竟帶男生回來了！吾嫁人了嗎？不要！迦南你還太年輕啊！

「不是這樣啦！媽媽！他是安德魯啊！你朋友的兒子啊，他只是想暫時住在我們家呀。」迦南卻想不到媽媽以為她要嫁人了。

安德魯？吸血鬼安德魯嗎？」媽媽終於望向男生的臉孔。

「伯母，很久不見了。」安德魯禮貌地鞠躬。

「還是這麼俊俏呢，我的女兒要嫁給吸血鬼了嗎？」還震撼在女兒要嫁了的衝擊中的迦南媽媽，失神地說。

「原來是這樣一回事……嚇死媽媽了。」待媽媽平伏下來，兩人對她解釋了事情的原委。

「抱歉……要是不方便的話，我現在就回家鄉吧。」安德魯垂下頭說。

「不會啦！對我來說你也是**家人**呀，學園關閉期間，你就留在這裡吧！」迦南的媽媽爽快地說。

「不過家裡就只有兩個房間，迦南就和我同睡吧，安德魯睡迦南的房間好嗎？」迦南的媽媽說。

「不用麻煩你們了，我準備了自己的睡床，不會佔用很多空間的。」安德魯揮舞魔法杖，以轉移魔法把他事先準備好的睡床傳送過來。

「**棺木？**」迦南驚訝地說。

「嗯，**直立式**的，傳統吸血鬼也是用這種睡床。」安德魯把棺木靠到牆上。

「**哈哈**……我差點忘掉了呢，你小時候也是用這種睡床，但尺寸小得多了。」

迦南媽媽曾以為這是裝飾，怎知一打開棺木還在睡覺的小安德魯就跌出來了。

「棺木……要是嫁給吸血鬼的話我也要睡在裡面嗎？」迦南低聲地自言自語。

「好了，你們長途跋涉回來，好好休息一下吧，我現在去準備晚飯。」迦南媽媽穿起圍裙說。安德魯終於來到人界，但對於初到人界的吸血鬼來說，或者會驚多於喜。

魔幻王國裡的魔藥研究院內，法蘭走到研究院中庭，這裡的最高負責人親自前來迎接他。

「這位想必是魔法學園的魔藥專家，法蘭老師吧？」穿著白色實驗袍的長耳女精靈說。

「你好，精靈族的族長，艾蜜莉小姐。」法蘭禮貌地敬禮。

「邀請你遠道而來，相信你也猜到箇中原

因吧？」艾蜜莉帶著法蘭步向實驗室。

　　「雖然九頭蛇再現的消息還未對外公開，但各族領導人已得知此事，在這時候叫我到來的原因，想必和『魔界樹』有關。」法蘭嚴肅地說。「預言應驗了，『魔界樹』枯萎的預言。」艾蜜莉亦神情凝重。

　　「情況如何？」法蘭不覺得驚訝，因為那已故預言家的預言從來沒有失準過。

　　「這裡存放著過去十年我們收集的『魔界樹』樣本，從半年前開始，樣本的魔力含量開始輕微下降，外表看起來並無異樣，但恐怕根部的情況會更嚴重。」艾蜜莉從整齊排列的樣本中取出最近期集得的一瓶。

　　發出耀目金光的樹葉，本質卻在枯萎。

　　「我們還有多少時間？」拯救這棵支撐魔法世界的大樹，魔法世界各地的人們也在找尋方法。「六年……不，或者只餘下不足五年。」

艾蜜莉和魔藥研究院的研究員正是為研發治療藥物而請法蘭到來。

　　「我們要**加把勁**了，九頭蛇和黑魔法派不會等待五年的。」法蘭很清楚海德拉的動機也是要拯救魔法世界，只不過為了達成目的，他會不擇手段，不惜犧牲多少性命。

　　而在黑暗的某角落，海德拉已採取行動。

末日的徵兆已出現了吧？

　　海德拉同樣拿著一片「魔界樹」的樹葉。

　　「從間諜得到的消息，我們只餘下五年時間。」安德魯的父親說。

　　「行動吧，把過去收集金黃魔力的容器回收，同時開始捕捉現存的魔力持

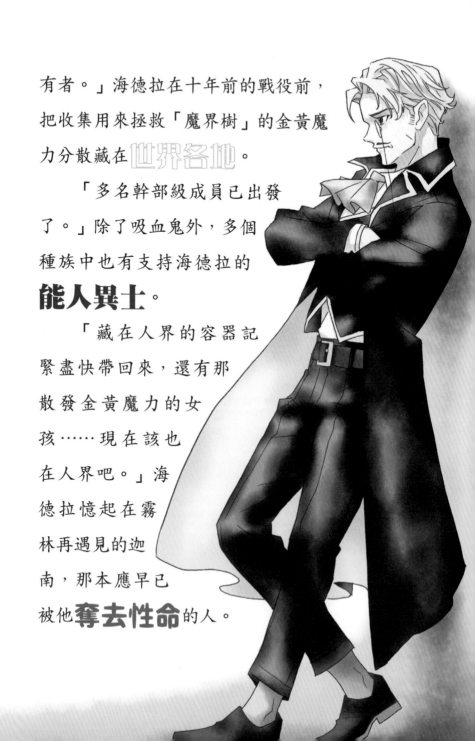

有者。」海德拉在十年前的戰役前，把收集用來拯救「魔界樹」的金黃魔力分散藏在世界各地。

「多名幹部級成員已出發了。」除了吸血鬼外，多個種族中也有支持海德拉的**能人異士。**

「藏在人界的容器記緊盡快帶回來，還有那散發金黃魔力的女孩……現在該也在人界吧。」海德拉憶起在霧林再遇見的迦南，那本應早已被他**奪去性命**的人。

「在直立的棺木睡覺是怎樣的呢？不會在半夜掉出來嗎？還是有安全帶在裡頭用來固定身體呢？那想**轉身**時怎麼辦？」翌日早上，迦南呆望著安德魯的睡床說。

「很想打開看看呢，但媽媽又不在，我也不知道安德魯會否還在裡面，若我貿貿然打開會很**無禮貌**吧？」迦南自言自語，想伸手把棺木打開。

「我們回來了，迦南你站在這裡幹什麼？」迦南的媽媽剛好打開大門。

啊！我還在想媽媽你去了哪裡，原來安德魯也起來了。

迦南扮作若無其事地說。

「他一早就起來還陪我到街市買餸呢，怎會像你這樣，睡到死豬似的……」迦南媽媽諷刺剛起床還穿著睡衣的女兒。

「早安，人界賣糧食的場所很有趣呢。」神采飛揚的安德魯微笑著說。

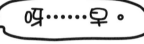

呀……早。

看著安德魯的微笑，迦南不禁臉紅起來。

「人家還以為我是安德魯的姐姐呢，所以保養真的很重要！」迦南的媽媽心情大好。

「洗手間！我先去一去洗手間！」意識到自己還睡眼惺忪的迦南連忙跑去梳洗。

同居的第一個清晨經已來到，迦南現在才醒起家中多了一個男生，一個總是讓她心跳加速的男生。

「飯菜合口味嗎？要是有想吃的菜式儘管告訴我。」迦南的媽媽十分喜愛這乖巧成熟的男生。

飯菜都很美味，我全部都很喜歡。

「回想起來，在宿舍內你也是吃著和我們相同的飯菜呢……」迦南發現眼前的吸血鬼和電影中看到的分別很大。

「絕大部分魔族吃的都差不多，對吸血鬼來說，人血是增強力量的違禁品，也有些妖魔以吃人類為主要糧食，但他們的目的是吸取那些人的魔力。」安德魯的解說有如妖魔生態百科。

「那陽光呢？你也不怕**陽光**的啊。十字架？大蒜？」迦南方才發現自己對安德魯的了解這麼少。

「如果是被吸血鬼咬過的人類而變成的次等吸血鬼，的確會懼怕太陽的光線，而且會對**人血**有停不了的渴求，但十字架和大蒜就沒有功效了。」安德魯說。

「還有一樣東西對吸血鬼異常大傷害，就是純銀了。」迦南的媽媽豎起叉子說。

「媽媽你好像知道不少呢……對了！你以前也是魔幻學園的學生啊！」迦南想起在圖書館看過的舊照片。

「哈哈，你媽媽我年輕時很受歡迎，不過有一點我和你們不同，我是**東方學園**的學生。」迦南的媽媽得意洋洋地說。

「那是離西方學園不遠的校舍吧，我聽說過踏入四年級開始，兩學園的學生就會一同上課，在此之前都不准踏入對方的校園的。」安德魯對學園的了解較多。

「因為兩方魔族總是鬧不和呀，這是久遠以前的戰爭遺留下來的問題，雖然兩位校長也致力和平共融，但實踐起來也並不容易的。」迦南的媽媽邊翻看報紙邊說。

「和平共融嗎？」迦南在魔幻學園中只感到新奇有趣，並未了解到共融是得來不易的成果。

無論是妖魔與妖魔之間，還是人類與妖魔之間，都會因為習性不同，而生出一些隙縫。

「回到家了就別說學園的事啦，你們吃飽後就好好去玩，放鬆一下吧……對了！你們謹記在人界不能亂使用魔法呀，被普通人看到會被處分的。」迦南媽媽叮嚀兩人，而報章

中提到的一宗案件，令她特別擔心。

「迦南你真的很喜歡看書呢，回到人界也帶我來圖書館。」安德魯在人界旅遊的第一站，是**中央圖書館**。

「不是這樣啦，你記得我們在魔幻學園時重遇的情景嗎？」迦南帶著安德魯走到圖書館的深處。

記得，你還被卡爾嚇暈了。

安德魯回想起那畫面不禁失笑。

迦南重遊故地，但就算用相同的方法門也沒有再出現……

「這圖書館建成多少年了？」安德魯四處張望。

「**十年左右**吧，看來那傳送門失靈了，那散發金光的圖書也不見了。」當日吸引迦南眼睛的金黃圖書消失不見。

「來往兩界的傳送門都是很久以前建造，受公會管理的，但這裡只有**十年歷史**，恐怕製作者另有其人……」安德魯相信這是鮮為人知的傳送門。

「既然找不到，不如我們去別的地方玩吧！」雖然失望，但迦南還有很多地方想和安德魯走訪。

「嗯，這傳送門的事晚點再告訴伯母吧。」對安德魯來說，現在最重要的是和迦南一起的時光。

縱使這一點不尋常，可能藏著驚人的秘密，甚至**暗藏殺機**。

「找不到容器，卻讓我發現目標人物呢。」隱藏身影的男人在暗處盯著迦南和安德魯。

「金黃魔力的女孩！捉到她的話海德拉大人一定會很高興！」暗影之中還響起第二把聲音。

「這吸血鬼是她的保鏢吧？我們可以好好利用。」第三把聲音的主人策劃著陰謀。

黑魔法派的幹部已來到人界，雖然找不到容器，卻發現金黃魔力持有者；而同一時間，迦南的媽媽已到達公會，公會找上她的原因，正正和迦南有關。

「你的便服只有襯衫和長袍嗎？」迦南帶著安德魯到眾多時裝店的商場逛街，因為她想幫安德魯改變形象。

容易配搭嘛……不好看嗎？

安德魯疑惑地說。

「好看是好看，但你應該多作嘗試嘛，來！我來為你打造個新的造型！」迦南拉著安德魯進入了其中一家商店。

而安德魯亦被迫進入更衣室準備時裝表演。

「**嘻哈風格！**唔……和你不太夾呢。」鴨嘴帽、闊身 T 裇、運動褲和籃球鞋，偏瘦的安德魯穿起來像縮小了一樣。

然後安德魯又捧著另一套衣服回到更衣室。

「**重金屬搖滾風**！這個不錯呢！像個壞吸血鬼似的！」黑色窩釘皮革、漆皮長褲配長靴，讓安德魯散發出壞孩子的氣味。

但迦南**還未滿足**，她再搜集了幾套不同風格的衣服給安德魯試穿。

購物後，迦南帶安德魯來到離她家不遠的一個公園，兩人坐在鞦韆上望著天上的明月。

「最後只買了這個呢……抱歉，我沒有帶足夠金錢。」迦南只夠錢買一樣東西。

「不用抱歉呀，我今天玩得很愉快。」來到人界之後安德魯總是面露微笑。

「**送給你的**。」迦南把手中的購物袋交到安德魯手上。

「是在我換衣服時買的吧？什麼來的？」安德魯好奇地拿出袋中的物件。

「頸巾啊，你總是穿得**灰灰沉沉**的，希望黃色的頸巾能為你加添生氣。」迦南替安德魯圍上了頸巾。

「**謝謝你**。」安德魯的臉也泛紅。

「我才該向你道謝啊，我總是得到你的幫助，你的照顧……在學園裡，甚至在更久以前，若然沒有遇上你的話，我也不知會變成怎樣了。」除了學業裡的幫助，十年前安德魯更救出了被擄走的迦南，兩人的再遇似是早有安排，命中注定。

「當年擄走你的人復活了，但你不用害怕，我會在你身邊保護你的。」安德魯凝視著迦南說。

沒有魔法，沒有競技，兩個種族的少年和少女和睦地、快樂地相處著，印證著和平共融這理念。但在 黑暗中 正有人想打破這理念，為和平的日子帶來風波。

魔幻世界內一個破落的村莊，在平靜的黑夜中卻燃起了戰火。

「**龍焰火球！**」龍女妮娜奮力追趕著

敵人。

「孫女啊，你要小心別燒毀這村莊啊。」
西方學園校長巴哈姆特緊隨其後。

「真倒楣……竟然遇到龍族。」穿黑袍的
女子行動迅速，她的身後長有長長的蠍子尾。

「**放下容器，束手就擒吧。**」
魔法老師築起魔法屏障，擋住蠍子女妖的去路。

「就憑這點魔法就想攔住我？」蠍子女妖
以蠍尾針猛力一刺，把魔法屏障擊穿。

但這屏障只是用來爭取時間，讓妮娜追上
敵人。「抓到你了！」龍族飛行速度很快，妮
娜轉眼已擒住蠍子女妖的雙手。

「**可惡……毒霧！**」蠍子女妖張口
一吐，翠綠的濃煙包圍了她和妮娜。

「孫女！」巴哈姆特拍打龍翼，捲起的強
風吹散了毒霧，但留在原地的只餘下妮娜，蠍
子女妖已**逃去無蹤**。

「被她逃脫了……都怪我一時受驚鬆開了手。」妮娜不忿地說。

「以初次執行任務來說，你已經表現得很好了。」魔法老師馬上為妮娜治療解毒。

「我要儘快變得更厲害，才能幫爺爺分憂啦。」妮娜力爭上游，因為她也疼愛爺爺。

「雖然捉拿不到黑魔法派的黨員，但能拿到存放金黃魔力的容器，這次任務已達成目標了。」巴哈姆特拾起散發金光的一本書。

「想不到他們以封印把魔力存放到書中，實在難以估計還有多少容器未被找到。」魔法老師對此感到意外。

「以這技術的話，就算是其他物件也能成為容器，我們繼續調查吧，能找到多少也算是對黑魔法派的打擊。」巴哈姆特展翅高飛，在學園關閉的期間，他們也會繼續搜尋容器。

◆ 第五章 ◆
遊樂園驚魂

　　翌日清晨，迦南為了這天的約會，特地早了起床，並和安德魯及媽媽共進早餐。

　　「唔……**接二連三**地出現，情況不妙呢。」媽媽看著報紙說。

　　「怎麼啦？」迦南咬著多士說。

　　「最近這一帶**治安很差**，你們出外也要小心點。」報紙上報道了在該區連續出現了多宗兇殺事件，受害者的血液都被吸光。

　　「要是碰到壞人的話，我就用魔法把他打飛！」迦南亮出魔法杖說。

　　「在普通人面前使用魔法是被禁止的，但要是**生命被危及**的話就另作別論。」迦南的媽媽收起了報紙。

「啊！是魔法信紙啊！」

迦南看到從窗外飛來的紙飛機停在媽媽面前。

迦南的媽媽拆開一看，臉色立時一沉，因為壞消息和報紙報道的案件有關。

「我要出去一趟，你們記著要小心**注意安全**！」媽媽緊張地說。

「媽媽你要去哪裡呀？」過去迦南以為母親只是個平凡的家庭主婦，會去的地方也只有街市和超級市場。

「**公會**。」但在成為母親之前，她是從東方學園畢業的，遊歷過廣闊魔幻世界的女法師。

公會是**守衛人界**，對付不法妖魔的神秘組織，由擁有魔力的人類組成，加入公會的人都被稱為獵人，只要有妖魔在人界犯罪，他們就會全力進行狩獵。

魔幻學園的假期和人界學校不同，學園休假期間人界學生還在忙碌學習，所以今天迦南和安德魯去的地方並不擠擁。

「**這裡是**⋯⋯」安德魯壓抑著心中的激動。

「遊樂園呀！我小時候和爸媽來過，但爸爸當了老師後便很少一家人來了，你喜歡這裡嗎？」迦南看著安德魯問。

「魔法世界沒有這種樂園啊⋯⋯我⋯⋯以前也想和家人一起來。」安德魯只在書本上看過人類世界的樂園,成績優異的吸血鬼事實上也只是個童心未泯的大男孩。

「我們今天就玩個痛快吧！想先玩什麼？迴旋木馬？跳樓機？過山車？」迦南翻開地圖說。

「過山車？是那種**比全力飛行更快**的神奇東西嗎？」在這裡的事物對安德魯而言都很新奇。

「也可以這樣說呢⋯⋯那就先玩過山車吧！出發！」迦南挽著安德魯的手說。

在魔幻學園裡安德魯有如迦南的嚮導，但在人界迦南就成為了安德魯的導遊。

「青春真好呢，這兩個小傢伙還未知道**大難臨頭**⋯⋯」藏在暗處的聲線狡猾無比。

「還未能動手嗎？我的雙手已經很癢了！」激動的聲線想要破壞。

「再等一會吧，**魚餌**已經扔出，大魚很快就會上釣。」冷靜的聲線已準備好計謀。

在熱鬧的遊樂場裡，陰險的笑聲正在響起，

而同一時間，迦南的媽媽已來到魔法信寄出的地方。

迦南的媽媽推開了咖啡室的大門，這裡就是其中一個隱藏在都市裡的**公會分部**。

「歡迎光臨，玥華女士。」水吧內，留著**黑鬍子**的男人已泡好了為迦南媽媽準備的咖啡。

「很久沒來過這裡了，分部長。」迦南媽媽坐到分部長面前的位置。

「在你懷有迦南開始吧，你就**淡出**了原來的職業。」分部長和玥華相識已久，因為在成為母親前她曾是在公會任職的法師。

「我現在只是個家庭主婦呀，但要是有人想傷害我的女兒和她的朋友，我是不會袖手旁觀的。」迦南的媽媽拿出早上收到的魔法信。

「想傷害你女兒的人不是公會，是跟著她來人界的吸血鬼，他是近日多宗**離奇兇殺案**的兇手。」分部長的信內容是要對安德魯進行捕獵，因為他成為了案件的疑兇。

「不會是安德魯，他一直和我的女兒在一起，犯案的一定另有其人。」玥華相信安德魯。

「有記錄在人界的吸血鬼就只有他一個，而且他的父親更是黑魔法派的一份子，很明顯他接近你女兒也是**另有所圖**，把她交給黑魔法派吧。」分部長嚴肅地說。

「這只是你的推測，沒有**真憑實據**。」玥華反駁著說。

「公會不會放任犯罪的妖魔不管，你不交出藏身在你府上的犯人，公會的獵人就會馬上行動。」公會中不信任妖魔的人類較多，因為過去發生過無數妖魔傷害人類的事。

要和平共融似是容易，但要建築起信任卻十分艱難。

「迦南，再玩一次，再玩一次這個好嗎？」興奮的安德魯指著跳樓機說。

「看來你真的很喜歡**機動遊戲**呢……但我要休息一會了，已經連續玩了三次跳樓機……我的心臟也快跳出來了。」迦南喘著氣說。

「要用魔法幫你 **回復體力** 嗎？」安德魯悄悄拿出魔法杖。

「不用了……在這裡不能亂用魔法呀，讓我坐一會兒就好。」迦南指著不遠處的長椅，長椅旁邊還有賣小食的檔子。

兩人買了雪糕之後並排而坐，安德魯對人界的甜筒感到非常新奇。

「人界的零食都很美味，而且不會有奇怪的效果。」安德魯小心翼翼地舔著甜筒。

「哈哈，卡爾很喜歡吃那個彩色棉花糖，吃完後整個人也變得五顏六色，嚇得我以為他中毒了。」迦南望著面露笑容的安德魯說。

「想不到你也有像小孩子的一面呢。」迦南感覺安德魯最近多了笑容。

「在學園裡……大家也刻意和我保持距離，因為我是黑魔法派黨員的兒子，是不祥的吸血鬼，但在人界，沒人知道我的過去。」所以安德魯在人界**特別輕鬆**。

「你還有卡爾、米露呀，現在美杜莎也和大家成了好朋友呀。」在人界學校被排擠的迦南理解安德魯的感受，但現在他們都不會孤單一人。

「卡爾那笨蛋總喜歡和我比併，但的確……**像朋友一樣**。」人狼和吸血鬼兩族關係不淺，在學園的卡爾和安德魯也視對方為競爭對手。

「不知道大家現在過得怎樣呢？」才離開幾天，迦南已開始掛念學園和朋友們。

「卡爾應該在跑步吧，這傢伙一天到晚都在**跑個不停**。」安德魯說。

安德魯能在人界感到輕鬆自在，原因是沒有人知道他的身份是吸血鬼，而這份難得的輕鬆，終於被人打破。

「發生什麼事了？」迦南感覺到一股強烈的壓迫感。

「魔力……有人散發著很強大的魔力。」

強大而且充滿敵意，突如其來的魔力讓安德魯發抖。穿著華麗西裝的男人站在他們不遠處，那充滿敵意的魔力正繼續增強，他指著安德魯一言不發，有如餓狼盯著獵物。

「是黑魔法派……」安德魯的身體響起自我保護的警號，一雙蝙蝠翅膀**不受控地**展開。

「安德魯！翅膀！會被人發現的！」迦南慌忙地說。

然後西裝男指著右邊的一個洗手間。

「*呀！屍體……被吸光血液的屍體！是吸血鬼呀！*」一名女士驚惶失措地跑出洗手間。

「吸血鬼？是最近新聞常報道的吸血殺人魔嗎？」另一名途人馬上聯想起近日發生的案件。「*那邊！那少年！是吸血鬼呀！*」西裝男裝作驚慌地叫。

安德魯和迦南對案件毫不知情，直至現在，他們看到隨風飄落在腳下的報紙，才發現現在的處境有多不妙。

遊樂園內，迦南和安德魯的**甜蜜約會**終於被打破，從魔幻世界而來的黑魔法派幹部設局陷害安德魯，多宗兇殺案的受害者屍體血液全被吸光，讓所有人懷疑兇手是吸血鬼。

「明白了，馬上派出兩名吸血鬼獵人，把在場的吸血鬼捕獵，並拯救和他同行的女生。」公會分部長接到通報後馬上派出獵人。

「分部長！不會是安德魯做的，背後一定另有**真兇**。」迦南的媽媽玥華想要保護安德魯。

「多宗案件也在安德魯去過的地方發生，他們所在的遊樂場剛出現新的受害者，還有什麼好解釋？要是安德魯不肯就範，公會唯有下令當場處決，以避免更多受害者出現。」分部長**氣勢迫人**。

「我就知道你無法對安德魯下手，因為他的父親曾是你夫婦二人的好友，但他已墮入魔道了，他的兒子也一樣流著犯罪者的血液！」分部長不相信妖魔，更不相信和黑魔法派有關的所有人。

「這是你的偏見，在有證據證明是安德魯犯罪之前，我不會讓公會傷害他！」玥華站起來急步想要離開咖啡室，但咖啡室卻被魔法牆壁重重包圍。

「我叫你來的真正原因，就是不讓你阻礙公會辦事，你就暫時留在這裡直至事情結束吧。」分部長早有準備，在迦南的媽媽踏入這裡時，魔法牆壁已即時封鎖了出口。

「雖然我已退隱多年……但你似乎太小看我了。」迦南的媽媽散發出強大的魔力。

「我可是令東方一帶妖魔聞風喪膽的，玥華大法師啊。」玥華從衣袖取出符咒，那是東方學園教授的技法，以符咒使出魔法的作戰方式。

安德魯被群眾發現吸血鬼的身份後，馬上抱著迦南拍翼高飛，凡人不只把他當成是殺人兇手，對普通人而言吸血鬼的存在更是不可思議的事。「被發現了……而且連黑魔法派的妖魔也來到人界了。」安德魯一時間也不知如何是好。

「回家吧！媽媽認識公會的人，一定能把事情查個水落石出！」但迦南不知道媽媽正被困公會之內。

安德魯想不出更好的辦法，唯有先回迦南的家暫避，但他想不到避得過凡人的耳目，卻被公會的追兵趕上。

「怎會……飛不過去的？」因為迦南家外被魔法牆壁擋住了。

「**獵物終於到場了**。」公會的獵人以魔法包圍住這一帶，讓普通人無法看到他們和妖魔的存在。

「哥哥，那女孩是迦南，分部長說的金黃魔力持有者，被吸血鬼拿來當人質了。」公會派出了兩名獵人，年約十六歲的一對兄妹雖然穿著咖啡室服務員的制服，但已是經驗豐富的吸血鬼獵人。

「吸血鬼全部都是狡猾的妖魔。」兄長艾爾文拔出長鞭。

迦南和安德魯還未知道來者何人，降落到地面的他們想要問個清楚明白。

「你們也是魔法師嗎？是你們堵住這裡的嗎？」迦南邊走前邊問。

「我們是公會派來的，迦南你不用擔心，事情很快就會結束。」艾爾文擲出長鞭，長鞭綁住迦南的手腕後他再用力拉扯，迦南整個人被拉向他的方向。

「人質已被救出，可以放心進行狩獵了。」妹妹艾翠絲接著飛墮過來的迦南，然後說。

「現在以殺害四名人類的罪行捉拿你，要是你想反抗的話，我們絕對不會手下留情。」艾爾文擺好了架式。

「放開迦南，那些人不是我殺死的。」安德魯看到被捉走的迦南後難掩激動。

艾爾文快速舞弄長鞭……

即是不肯乖乖就範吧。

安德魯勉強避過幾次攻擊後想以霧化潛行，但霧化的身體卻被長鞭擊中。「我的長鞭滲泡過聖水，是專門用來對付吸血鬼的武器。」艾爾文持續攻擊，逼得安德魯只能退後。

安德魯取出魔法杖想從遠方還擊，但拿著魔法杖的手還未畫出魔法陣，對手的攻擊已打傷了他的手臂。

「我是不會讓你畫出**魔法陣**的。」艾翠絲雙手也拿著手槍，射出的子彈更是對吸血鬼傷害甚大的銀彈。

「安德魯！」迦南看著受傷的安德魯驚叫。

「這女孩被迷惑得很深呢，我們快點解決這吸血鬼吧。」艾翠絲連開數槍。

「**變化！**」安德魯變成小蝙蝠避過子彈和長鞭。

吸血鬼若無法使用魔法，攻擊方法就只餘利爪和咬噬對方，吸光對方的血液，但安德魯從未吸過血，所以就算成功繞到艾爾文面前還是**猶豫不決**。

「**你逃不掉的。**」艾爾文扔出繩網，那繩網同樣滲泡過聖水。

防禦魔法，銅牆鐵壁！

幸好迦南及時在安德魯面前築起魔法牆，否則安德魯已被困網中。

「你竟然保護想傷害你的吸血鬼？你是被他施下幻術了嗎？」艾爾文驚訝地說。

「我沒有被施術，安德魯也不會傷害我！你們抓錯人了！」迦南擋在安德魯身前，形成**二對二**的局勢。

「哥哥，要避免傷及迦南。」艾翠絲小心翼翼地瞄準著安德魯。

「身為人類竟然袒護吸血鬼。」艾爾文拔出銀劍，對於吸血鬼他**恨之入骨**。

而陷害安德魯的始作俑者，亦靜靜監視著這一切。

「要動手嗎？我有信心能把在場四人全部收拾！」粗暴的聲線快按捺不住激動。

「不，我們再等一下就能坐享漁人之利了。」狡猾的聲線想要得到更大得益。

「那就靜觀其變吧，讓獵人和吸血鬼拼個你死我活後，再把那散發金黃魔力的女孩帶回去給海德拉大人。」想要捉拿迦南的黑魔法派幹部正一步步把他們逼上絕路。

魔幻世界內的人狼聚居地，是一個非常大的山谷，他們是崇尚戰鬥和競技的民族，以實力來贏取地位和榮耀，外界一直以為人狼山谷內裡一定很危險，但其實人狼大多是友善好客的人，而今天的人狼山谷更多了一名貓女和蛇髮女妖。

「你們是卡爾的同學吧？來！吃多點！我們家還有很多美食！」卡爾

的媽媽熱情地招待米露和美杜莎。

「伯母，太客氣了……我們都吃飽了。」美杜莎看著擺滿一長桌子的飯菜尷尬地說。

「不用跟我客氣啊！年輕人要吃多點才快長高，吃多點才會變**強壯**的！」人狼的胃口都非常大。

「喵～真的不用了……我吃得肚子也凸出來了。」米露已飽得肚皮脹起。

「吃多點吧！姐姐們吃多點吧！」

卡爾的三名弟弟妹妹叫嚷著說。

「姐姐，你們誰要嫁給我哥哥呀？」卡爾最年幼的弟弟問。

「婚宴上會有很多好菜色呀！」卡爾的兩個妹妹接著說。

「抱歉啦……我們沒有打算嫁給你哥哥呀，喵～」米露尷尬地說。

「那就無得吃了……」三隻小人狼含著淚說。「有需要失望到哭嗎……伯母，請問卡爾什麼時候回來呢？」美杜莎對小孩子束手無策。

「應該差不多這時間吧，他說過要圍著山谷跑，但他不會錯過點心時間的。」卡爾的媽媽看著大鐘說。

「全力奔跑之後吃的點心是世上最美味的！」剛好赤裸上身的卡爾推開了大門。

「卡爾！你回來就好了！」美杜莎和米露異口同聲說。

「啊！你們為什麼會在這裡的？」卡爾揮著手說。

「我們打算去人界找迦南和安德魯，你要不要一起去？」美杜莎問。

「你也未去過人界吧？就趁假期當去一趟**旅行**也不錯呀，喵～」米露已準備好相機。

「我去過呀，小時候跑得太興奮，不小心跑到了**人界**。」卡爾準備享用他的點心，那是一整隻燒豬。

「吓……那你最後怎樣回來的？」美杜莎對卡爾的點心和迷路到人界的經歷感覺驚訝。

「記憶中……我受了點傷，然後被一戶人家照顧了一陣子，最後爸爸來到人界靜靜把我帶回來了。」卡爾邊吃邊說。

「那你跟我們去嗎？人界有很多新奇美食的。」美杜莎知道卡爾**無法抗拒**美食。

「好吧！但要先等我把點心吃完。」如是者，卡爾、美杜莎和米露三人打算去人界找迦南和安德魯遊玩，但他們並不知道兩個同學正身陷險境。

咖啡室內，迦南的媽媽玥華在符咒上畫下咒文，並把四張符咒張貼在魔法牆壁之上。

「玥華女士，你這樣做毫無疑問是與公會為敵。」分店長察覺玥華釋放著強大魔力。

「我才不理什麼公會，我現在只是一名母親，**爆破符！**」四張符咒應聲爆炸，把分部長用來困住玥華的魔法打破。

「若然迦南和安德魯有不測，我是不會饒恕你們的。」玥華氣沖沖的走出咖啡廳。

「追蹤符！帶我去找迦南！」玥華再施展符咒，黃色符咒變成了一個箭咀在空中飄浮。

同一時間，安德魯和迦南正奮力抵抗兩名吸血鬼獵人的攻擊。艾爾文揮劍進迫，艾翠絲以雙槍掩護，**合作無間**的獵人兄妹曾獵殺

多名不法的吸血鬼。

「**防禦魔法！橡皮球！**」迦南為安德魯提供防禦，右手受到槍傷的安德魯，只能用較生疏的左手揮動魔法杖。

「攻擊魔法，雷電之斧！」安德魯試圖把獵人兄妹分開，但擅長使用魔法道具的兩人未有退縮。

「魔法反射鏡。」艾爾文取出能讓魔法反彈的鏡子，把落雷反擊向安德魯。

「不愧是**職業獵人**，連這種道具也擁有。」幸好有橡皮球抵消雷擊，安德魯才避過一劫。

「對付吸血鬼的法寶，我們還有很多。」艾翠絲向安德魯扔出道具，安德魯隨手一擋，卻被弄至全身濕透。

「是聖水……」被聖水沾濕的吸血鬼無法霧化隱藏，安德魯在艾爾文面前露出了破綻。

艾爾文以銀劍在安德魯胸前揮斬，安德魯的白襯衫立即染上一片血紅。

「拒捕加上襲擊公會獵人，我是不會讓你**活著離開**的。」艾爾文的下一劍，瞄準了安德魯的心臟。

因為這對兄妹對吸血鬼充滿恨意，所以就

算案件未查清他們也想對安德魯下殺手。

「犬犬冰霜魔法！」千鈞一髮之際，迦南以大型冰魔法把艾爾文和艾翠絲冰封起來。

「竟然會使用這種上級魔法……」被冰封的艾爾文驚訝地說。

「轉移魔法！飛行掃帚！」迦南再把飛行掃帚召喚到手。

「**休想逃!**」艾爾文激烈反抗,但在他掙脫出寒冰之前,迦南已帶著安德魯飛走。

「哥哥,別擔心,他們是逃不掉的。」擺脫冰封的艾翠絲拿出了一個指南針。

然後她把安德魯濺在地上的血沾在指南針上,指南針就能探測到安德魯的所在位置。

「追上去吧,獵殺人類的吸血鬼,我是絕對不會放過的。」艾爾文和艾翠絲對吸血鬼恨之入骨,因為他們身上發生過慘痛的經歷。

這對兄妹本來擁有一個幸福的家庭,職業是吸血鬼獵人的父親受人尊敬,他們也視父親為偶像。

「爸爸!這柄刀很威風啊!」小小的艾爾文抱著父親的銀劍。

「爸爸!教我槍法好嗎?」艾翠絲亦對手槍情有獨鍾。

「待你們長大後吧！我一定會培訓你們成為最出色的**吸血鬼獵人**！」父親亦對未來充滿憧憬。但他們等不到這美好的未來，吸血鬼獵人最終被更兇猛的吸血鬼殘忍傷害。

「你屠殺了這麼多吸血鬼，我現在便讓你嘗嘗變成**吸血鬼**的滋味。」吸血鬼以利齒咬了艾爾文的父親，把他變成吸血鬼。

「爸爸……」小小的艾爾文看著痛不欲生的父親發抖。

「艾爾文……拜託你把我殺死，不要讓我傷害別人……」變成吸血鬼後，艾爾文的父親對人類的血液充滿渴求。

「不……爸爸！一定有方法變回人類的！」艾爾文的雙手被父親握住。

「那是不可能的……你們兄妹長大後，一定要成為優秀的吸血鬼獵人啊。」艾爾文被迫握起銀劍，刺向父親的心臟。

年紀小小的艾爾文和艾翠絲，看著父親在眼前灰飛煙滅，所以他們對吸血鬼充滿了仇恨，決心以父親遺下的武器，殺盡天下的吸血鬼。

「但是……哥哥，受害的那些人雖然血液被吸光，卻全都沒有變成吸血鬼，兇手會不會另有其人？」艾翠絲開始覺得事有蹊蹺。

「被吸血鬼咬過的人會在三天之內變成吸血鬼，我們不能等待三天，這段時間會出現更多受害者的。」艾爾文已準備繼續追捕安德魯。

「但那吸血鬼的眼神……**不像壞人**，那叫迦南的女孩也拚命地保護他。」艾翠絲疑惑地說。

「所有吸血鬼也是**壞人**，迦南只是被迷惑了，我們起行吧，要是他再吸食人血，我們未必對付得了。」吸入人類血液的吸血鬼在短時間內會爆發出驚人力量，艾爾文正提防著這情況發生。

獵人再次展開狩獵，而在暗處旁觀的**真兇**正在微笑。

迦南帶著負傷的安德魯逃到人跡罕至的公園，安德魯胸前的傷口還流血不止。

「治癒魔法！」迦南立即揮舞魔法杖。

「為什麼……怎會治不好的？」但迦南卻發現魔法沒有效用。

「因為那把劍是銀製的……吸血鬼被銀器造成的傷，是無法用魔法治癒的。」臉色蒼白的安德魯說。

「那怎算好？我帶你去醫院好嗎？」心急如焚的迦南慌張地說。

「不……被普通人發現我是吸血鬼的話便麻煩了……銀器的效果再過一會便會消失，迦南你別理我了，他們的目標只是我一個，你逃去安全的地方吧。」安德魯不想連累迦南。

「我不會把你丟下的，就像你多次拯救我一樣，這一次就由我來守護你。」迦南堅定地說。

然後迦南到附近的便利店買了包紮傷口的

用品，再回到公園替安德魯治療。

　　「止住血了……現在只能作簡單的**應急**措施。」迦南替安德魯包紮好傷口後說。

「謝謝你⋯⋯迦南。」安德魯感覺到溫暖。

「在遊樂園出現的西裝男就是真兇吧⋯⋯他是刻意在我們附近犯案，把罪名嫁禍給你的。」迦南回憶起那魔力強大的人。

「那人恐怕是黑魔法派的人，如果是真的話⋯⋯他的目標就是迦南你，擁有金黃魔力的你。」安德魯開始推斷出真相。

「那為什麼要扮成吸血鬼呢？」迦南接著說。

「相信他早已跟蹤著我們……知道你被我和伯母保護著，所以想借公會的勢力，趕走你身邊的人……伯母被召到公會，而我即被獵人追殺，這樣的話……他就能**不費吹灰之力**捉走你。」安德魯說。

「真殘忍……那些被傷害的人都是無辜的，他把人命當成棋子擺佈。」迦南想到無辜的人因她而死，不禁眼泛淚光。

「這不是你的錯……黑魔法派被視為邪惡，正正因為他們為達到目的**不擇手段**。」安德魯伸手抹去迦南的眼淚。

「獵人快追上來了……迦南，我們要轉移陣地了。」安德魯想安慰迦南，但獵人的氣息也來到附近。

末日預言出現之後，擁有金黃魔力的人都背負起沉重的命運，他們無時無刻都要提防黑魔法派的魔爪。

第八章

真兇現身

明月高掛的夜空裡，迦南和安德魯在飛行掃帚上高速飛行，為了避開獵人的追捕和潛藏著的黑魔法派幹部，他們一邊飛一邊想著要到什麼地方。

「安德魯……還痛嗎？」迦南回望身後的安德魯說。

「不要緊，我想到安全的地方了。」安德魯受到的槍傷和刀傷也未癒合。

「是哪裡？」迦南瞪大眼睛說。

「魔幻世界，人界已不安全了。」無論是

公會還是黑魔法派也在追蹤他們，逗留在人界反而更加危險。

「但學園不是關閉了嗎？」迦南接著說。

「我們去找卡爾吧，人狼不是不講道理的種族，相信他們會保護我們，直至真相查明。」要返回魔幻世界，他們便要去搭乘魔法纜車。

兩人再次來到山頂的纜車站，但這次安德魯卻鮮血淋漓，本以為只要到達車站就安全的他們，眼前卻再次出現敵人。

「我從飛行路線已看出你們想逃回魔幻世界了，狡猾的吸血鬼。」艾爾文和艾翠絲看穿了安德魯的想法，早一步來到山頂纜車站。

「我再說一次，我沒有殺害過人類，兇手另有其人。」安德魯站到迦南前面。

「你即管否認吧，待我們把你押回公會，自然會真相大白。」艾爾文再次拔出銀劍。

「兇手是黑魔法派的人，他的目標是迦南呀。」安德魯知道答辯無用，要乘纜車離開必須先擊敗眼前的獵人。

「黑魔法派的人？你父親就是其中之一的，而流著那骯髒血脈的你也一樣！是黑魔法派的妖魔！」艾爾文敵視所有吸血鬼，他的銀劍已指向安德魯。

「住口……我的父親不是這樣的人！」被提及父親的安德魯再也難以保持冷靜。

安德魯想以霧化進攻，但被艾翠絲施放的聖水令他無所遁形，唯有以一雙利爪爪向艾爾文。

「以公會獵人之名，我要把你處決！」艾爾文以劍迎擊。

「強化魔法！」經過飛行競技賽一役，迦南從龍女和精靈女這對搭檔身上學到了支援魔法的重要。

就算不忍心傷害別人，也能協助同伴的強化魔法，就是除了防禦魔法外，迦南新的目標。

得到強化的安德魯速度變得更快，揮爪的力度也**大大提升**。

「哥哥！」眼見艾爾文被壓倒，妹妹艾翠絲馬上開槍支援。

「**一遠一近**的合作模式的確難以應付……但拿著雙槍的話便無法再使用聖水吧？」安德魯再次使出霧化，銀彈穿過安德魯，他把目標轉移向艾翠絲。

「你就先睡一會兒吧，催眠魔法。」安德魯取出魔法杖迅速在艾翠絲面前畫出魔法陣，就算經驗豐富的吸血鬼獵人也立即昏睡。

「只餘下你了。」二對二的形勢終於被打破，但安德魯身上的強化魔法已經失去效果，勉強治療的傷口也再**滲出血液**。

「就算只餘下我一個，我也不會讓你這殺人犯離開的。」艾爾文決意消滅吸血鬼，就算同歸於盡也**在所不惜**。

兩人劍拔弩張，凝神專注，沒有為意到在他們戰鬥期間，迦南已被抓住。

「真不錯，你們兩個年輕人也很有潛質，要是過多**十年八載**，相信會有一番成就呢。」一直暗中監視他們的始作俑者，終於露出真身。

「迦南！」安德魯驚叫起來，在遊樂園設局陷害他的西裝男握住了迦南的脖子。

「放心吧，我不會殺死她的，海德拉大人需要她身上的**金黃魔力**。」西裝男以魔法把迦南困在四面牆內。

「我認得這男人⋯⋯他是公會通緝名單上的⋯⋯地獄三頭犬賽伯拉斯！」艾爾文恍然大悟。

原來我這麼有名氣嗎？畢竟被我殺害的人類妖魔也數之不盡，近日的那幾個人也只是當中的小數目罷了。

　　賽伯拉斯在人界和魔幻世界也是通緝犯，在黑魔法派中也是**崇尚戰爭**的戰鬥派。

　　「那些人是你殺的？不是吸血鬼幹的？」因為受害人都流光了血液而且脖子上有咬痕，艾爾文就鎖定犯人是吸血鬼，加上他對吸血鬼的仇恨，導致他無懷疑過其他可能性。

　　「我是存心引導你們**自相殘殺**的，只不過在屍體上動些小動作，你們公會的傻瓜就信以為真……人類真的是愚蠢的生物，這個人

界應該由妖魔統治才對。」賽伯拉斯已完成計劃，但他對安德魯大感興趣。

「安德魯，你有資格加入我們黑魔法派，你的父親也一定會高興……殺掉這個獵人以示對海德拉大人的忠誠吧，我會好好培育你，讓你成為**無人能敵**的妖魔。」賽伯拉斯想把安德魯帶到黑暗勢力。

「黑魔法派嗎？」安德魯望向艾爾文。

「能幫幫我嗎？獵人，和我一起擊倒這黑魔法派的人，救出我**最重要**的人。」安德魯向艾爾文救助，雖然他受的傷都是艾爾文造成的，但現在他們有共同的敵人。

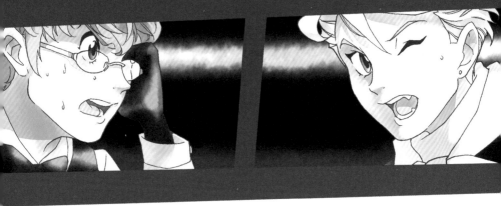

　　「雖然我痛恨吸血鬼，但現在我們目標一致。」艾爾文的劍不再指向安德魯。

　　「我要跟你道歉，是我冤枉了你。」艾爾文**勇於承認錯誤**，現在他需要借助吸血鬼的力量。

　　「道歉也在打倒這魔頭之後吧，要上了！」安德魯霧化前行，和艾爾文一同進攻。

　　「真可惜呢，明明是有潛質的孩子，卻要迫我**親手毀滅**。」賽伯拉斯拿出魔法杖，輕微淡寫就擋住了安德魯。

　　「是重力魔法……」在重力面前，就算使用霧化，安德魯也無法前行。

「**三頭犬！看劍！**」艾爾文銀劍橫揮，但劍卻被輕鬆接住。

「這種武器對付吸血鬼還好，但對三頭犬來說沒什麼優勢呢。」劍被賽伯拉斯緊緊握住。賽伯拉斯再大吼一聲，音波的衝擊力足以把兩人也轟飛墮地。

「*你不是有很多法寶嗎？沒有對這傢伙特別有用的嗎？*」安德魯乏力地說。

「我的魔法道具都是專門對付吸血鬼的……而且追逐你半天後我已快無氣力了。」艾爾文也體力不繼。

「也是時候落幕了，兩位資質不錯的年輕人，**永別了**。」賽伯拉斯再施展重力魔法，這次的威力更強更大，似是要把安德魯和艾爾文壓扁。

「可惡……為什麼打不破的？」迦南奮力嘗試，但魔法牆不為所動。

就在這**危急關頭**，一輛飛行纜車突然停泊到站，來自魔幻世界的援軍及時趕到。

「安德魯？迦南？你們是特意來迎接我們的嗎？」從車廂躍下的卡爾興奮地說。

「怎看也不像是來歡迎我們吧？喵～」米露看著**殺氣騰騰**的賽伯拉斯說。

「你這傢伙竟敢對我的朋友出手！看我把你石化再扔到大海！」美杜莎看到被困的迦南後激動地說。

大家……
大家也來了。

看到從遠方而來的朋友，迦南非常感動。

「多了三個小毛孩，又能怎樣呢？」賽伯拉斯還是覺得**遊刃有餘**。

「小毛孩嗎？不能小看人狼啊。」卡爾在一瞬之間就跑到賽伯拉斯面前，並搶去他手上的魔法杖。

「**解除魔法！**」米露接過卡爾傳來的魔杖，躍到迦南面前解除魔法牆壁。

「人狼和貓女嗎？」賽伯拉斯驚覺自己太過輕敵。

「別動，你這傢伙十成十是黑魔法派的壞蛋。」美杜莎使出石化光線，在賽伯拉斯作出反應前搶先石化。

「這三名妖魔……是自己人嗎？」艾爾文勉強站起來說。

「嗯……是朋友。」安德魯微笑著說，在魔幻學園裡他結交到不介意他身世的好友。

「你們這班小傢伙，真不能掉以輕心呢。」雖然被石化了，但賽伯拉斯的魔力還在急速上升，黑魔法派的幹部級成員並沒這麼容易對付。

「想衝破石化嗎？這傢伙到底是什麼人？」美杜莎立即退後，她知道石化快被破解。

「我是黑魔法派九大幹部之一，地獄三頭犬賽伯拉斯！看過我真面目的你們休想活著離開！」三個頭顱，三把聲線，巨大的黑色三頭犬正在怒吼。

「卡爾，他是你的遠親嗎？喵？」貓女米

露問。

「狼和犬算是親戚嗎？但無所謂呀，想找我打架，我**無任歡迎**！」卡爾也展現出人狼的姿態。

「**安德魯……我們得救了！**」三名同伴包圍著賽伯拉斯，迦南趁機會走到負傷不輕的安德魯身邊。

「不……這對手不是我們應付得來，他的魔力絕不下於我們的老師。」雖然有援軍馳援，但安德魯還是覺得沒有勝算。

因為和**身經百戰**的戰士相比，他們還是初出茅廬的學生。

決戰三頭犬

賽伯拉斯現出三頭犬的真正面目，卡爾、米露和美杜莎立即全力迎擊。

「石化光線！」美杜莎想以石化封鎖三頭犬前足，但對巨大的三頭犬來說並無作用。

「爪你～喵～」米露撲上中央的犬頭亂抓一通，但這樣的招式也沒有對三頭犬造成多大傷害。

「人狼衝拳！」卡爾的重拳打得賽伯拉斯一陣暈眩，但三頭犬還有兩個頭顱。

「三個小毛孩中，你算是最了不起的一個，但鬧劇也該結束了！」三頭齊吼，美杜莎和米露均被震開，只有卡爾站得住腳。

「實力太懸殊了……」安德魯的狀況已無法上陣。

「沒有其他辦法了嗎？不能白白看著他們遇險的⋯⋯」迦南在思考**逆轉戰局**的方法。

艾爾文看著安德魯說⋯⋯

不，還有一個方法，安德魯你也知道的。

「**是什麼？**」迦南緊張地問。

「吸入你的血液，讓吸血鬼爆發最強的力量，加上你擁有金黃魔力，安德魯吸入的話力量絕對會大大提升。」艾爾文所說的話安德魯同樣有想過。

「我是絕對不會咬迦南的，而且這方法存在 **副作用** 。」但安德魯不想出此下策。

他們正在討論之際，米露和美杜莎又受到更多傷害，卡爾也漸漸感到力疲。

「不能再拖延下去了！安德魯！咬我吧！」迦南亮出雪白的脖子。

「**傻瓜！** 被我咬了的話你也會變成吸血鬼的！」安德魯不想迦南變成終生要靠人血維持生命的怪物。

「這樣就行了。」艾爾文 *快速揮斬*，在迦南手上劃出傷口。

「你對迦南幹什麼！」安德魯激動地揪起艾爾文的衣領。

「讓她的血流入你口中就行了，雖然效果會降低，但這是現在最好的方法。」艾爾文非常了解吸血鬼，因為吸血鬼是他斬殺的目標。

「這樣……」這是連安德魯沒想過的方法。

「安德魯，我們要活著離開，和大家一起活著離開……所以，拜託你了。」迦南伸出鮮血落下的手。

「後果會怎樣我可不管了……」安德魯終於喝下迦南的血，這是他出生以來第一次吸入人類的血液。

123

　　力量湧滿全身，安德魯身上的傷勢瞬間痊癒，**金黃魔力**的效果遠超安德魯所想像。

　　「人狼小子！我就先把你吃掉，再把那女孩獻給海德拉大人！」三頭犬兩隻前爪撲向卡爾，卡爾兩手奮力擋著。

　　「**不能吃**，卡爾是我的朋友。」力量爆發的安德魯及時踢開了三頭犬。

　　「安德魯，你這瘦子終於站起來了嗎？一定是平常**吃得太少**了吧？」卡爾看到回復過來的安德魯笑著說。

「啊，還能戰鬥嗎？我看你快被那大狗壓扁了。」安德魯取出魔法杖準備全力進攻。

「因為我還未吃晚飯呀，快點打倒他去吃自助餐吧，聽說人界的自助餐是任吃的。」卡爾也變身成大狼的模樣。

「吸血鬼和人狼……你兩個小鬼真讓我討厭！」三頭犬口中冒出火焰，力量急升的兩人迫得賽伯拉斯也認真起來。

「身體充滿著力量，就算面對三頭犬也不覺得會輸呢。」散發金光的安德魯只是伸出右手，金黃的魔力已擋下了熊熊烈火。

「上吧，寒冰魔法！」安德魯先發制人，封住了三頭犬的四條腿，大狼卡爾立即猛力撞向敵人。

「雷電魔法！」霧化飛到上空的安德魯再施展落雷魔法。

「你吸了那女孩的血液吧？安德魯，人類的血液對你們來說是 **毒品** ，你往後也無法控制想吸血的衝動。」賽伯拉斯洞悉到安德魯變強的原因。

「我不會的，我會用這份力量打敗你，守護我 最珍惜的人 。」安德魯的雷電魔法比過去更強更猛烈，這是源自迦南血液的力量。

「三頭臭狗！吃我一擊！」大狼卡爾一爪襲向中央犬頭的眼睛，受創的三頭犬叫苦連天。

「特大冰霜魔法！」站在後方的迦南一直默默準備大型魔法，三頭犬退後之際正是使用魔法的良機。

「成功了嗎？」特大的寒冰包裹著賽伯拉斯，卡爾確信三人已獲得勝利。

「不……這傢伙還在動。」安德魯發現三頭犬還在掙扎。

「我的魔力快用盡了……」連番作戰而未有休息，迦南氣力也快耗盡。

「血液的效果也在下降……」安德魯借來的力量也不持久。

「你們這班小鬼氣數已盡了……待我衝破這寒冰之後，就是你們的**死期**！」三頭犬快要衝出寒冰，緊張的眾人未留意到四周圍的溫度在急速下降。

「竟然想對孩子狠下殺手，黑魔法派的人已**徹底墮落**了。」迦南的媽媽從天而降。

玥華的符咒從四方八面包圍著賽伯拉斯，一路追蹤著迦南的她及時趕到現場。

「你們已幹得很好，接下來就交給我吧。」玥華施展法術，把三頭犬以更大範圍冰封起來，就連四周環境也變成**冰天雪地**。

「媽媽……」迦南對母親陌生的一面嘆為觀止。

「沒事了，這頭惡犬是逃不出這冰山的。」玥華輕拍迦南的頭顱，身陷險境的年輕人終於逃過大難。

「這人是迦南的媽媽嗎？很厲害呢！喵～」米露扶著美杜莎說。

「迦南的……媽媽？」卡爾對玥華的臉孔感到似曾相識。

「你們是從魔幻世界來救我的女兒嗎？真的很勇敢呢。」玥華對一眾後起之秀報以微笑。

威脅雖然已解除，但對安德魯來說，還有更大的問題存在。

「血……很想要血……」安德魯按著頭顱痛苦地叫著，嚐過人類的鮮血後，吸血鬼對血液便會十分渴求。

「媽媽……我讓安德魯喝了我的血。」迦南不知道這會為安德魯帶來副作用。

「這是不對的，幸好毒癮未深，安德魯現在你先睡一會兒吧。」玥華拿出符咒，並向安德魯施展**催眠魔法**。

迦南抱著已入睡的安德魯，看到他痛苦的表情後，迦南心裡感到**十分內疚**，但若不借助吸血鬼最強的力量，或許在玥華趕到之前，眾人已被三頭犬殺害。

「前輩……是我們**辦事不力**，導致他們身陷險境。」吸血鬼獵人艾爾文和剛醒來的艾翠絲對玥華說。

「年輕人少不免魯莽衝動，好好吸取這次的教訓，做個出色的獵人吧，這三頭犬就交給你們了。」玥華輕拍兩人肩膀說。

然後玥華帶著這班從魔幻世界來的客人回家，結束這**險象環生**的晚上。

經過一晚治療之後，安德魯終於回復意識，玥華以法術清除了安德魯的毒癮，好讓他不會再有**吸食人血**的衝動。

「迦南……」安德魯躺在迦南的睡床，而迦南伏在安德魯身上睡著了。

「你醒來了嗎？有哪裡不舒服嗎？」迦南緊張地問。

安德魯搖搖頭，然後握起迦南的手，受到魔法治療後，迦南被劍擦傷的手已完全康復不留痕跡，但昨日連串**威脅性命**的經歷，在他們心中留下了傷痕。

「**我一定會變得更強**，強大到不借用鮮血也能保護你。」但這傷痕讓安德魯成長了。

我也會……變得像爸爸和媽媽一樣，成為出色的魔法師。

看到媽媽的力量之後，迦南也變得更堅定。

「大家也來到我家暫住了，我們出去吧，他們一定很擔心你。」要成為出色的魔法師，路途還十分遙遠，但在這路上他們有一班好伙伴。

安德魯平常就睡在這東西入面嗎？

大廳內，三個妖魔圍著安德魯的棺木打量著。

「裡面會是怎樣的？很好奇呢，喵～」米露很想打開這棺木。

「門鎖在哪裡？怎樣打開的？」蛇髮魔女頭上的多條蛇也在尋找開門的方法。

「讓開！讓我用**蠻力**拆開它！」卡爾露出一雙粗壯的手臂。

「你們……到底想對我的睡床幹什麼？」站在他們身後的安德魯說。

「沒、沒什麼，只是好奇內裡的設計罷了！」卡爾**若無其事**地說。

「要我度身訂做一副新的棺木給你嗎？」安德魯瞇起眼說。

「好了，大家過來吃早餐吧。」大法師玥華又變回一個平常的家庭主婦。

「你們全都住在迦南家嗎？」安德魯問。

「對呀，人界的酒店**太昂貴**了，我們睡地板就可以啦。」美杜莎感覺這樣更親近。

我可以變成小貓呀～喵！很省空間吧！

貓女搖身一變成為小貓咪。

我也能變成小狗，很可愛吧？

卡爾也突然變成一隻小白犬。

「說起小狗……媽媽，我們家是不是曾養過一隻小狗？」迦南對此印象不深，因為那時她年紀很小，更是她在被施下封印後發生的事。

「有段時間我們是照顧過一隻受傷的小狗呀，不過那也不是普通的小狗。」玥華望著卡爾笑笑口說。

「卡爾你怎麼呆住了？有早餐吃啊～喵。」米露問還的卡爾。

「沒⋯⋯沒什麼。」卡爾想起了小時候迷失在人界的日子裡，有過一個小女孩抱過他，溫柔地照顧過他。

貌似普通咖啡店的公會分部之內，艾爾文和艾翠絲向分部長低頭道歉，因為他們的魯莽差點鑄成大錯。

「你們也別再**自責**了，這三頭犬狡猾無比，能成功捉拿他已算將功補過了。」分部長也受到蒙騙，對兩名年輕獵人決定不作處分。

「能捉到賽伯拉斯全是那班妖魔和前輩的功勞，我們根本不是三頭犬的對手。」艾爾文感覺到自己**軟弱無力**。

「執著於狩獵吸血鬼，面對其他妖魔時我們都手足無措，分部長……我們想暫時離開公會。」艾翠絲和哥哥作出了一個決定。

「你們……放棄了當獵人嗎？」分部長惋惜地說。

「不，我們決定**重新鍛煉**，不再只追逐吸血鬼，我們要成為更全面的獵人。」艾爾文放下執著，要保護人界他們需要更多知識和力量。

「好，你們就好好增值自己，公會的大門隨時為你們打開。」分部長滿意地微笑。

成長的路途無論對妖魔還是獵人也十分漫長，但艾爾文有艾翠絲和他**並肩作戰**。

　　魔藥研究院內，法蘭留在這裡已有一段時間，為了協助研究治療「**魔界樹**」的藥物而努力。

　　「這段時間謝謝你的協助，你的技術教我**大開眼界**呢。」研究院院長，長耳精靈艾蜜莉誠心道謝。

「客氣了，這藥對『魔界樹』有沒有效果還有待觀察，我們都只能盡力而為⋯⋯」但法蘭對現況還是不感到樂觀，因為「魔界樹」從來沒有被藥物或魔法影響過。

「的確⋯⋯就算是不擇手段的黑魔法派，他們也是為拯救魔法世界在盡力而為吧？」艾蜜莉難過地說。

「他們的做法只會導致天下大亂，這是我和校長最不想看到的事。」法蘭聽出艾蜜莉的言外之意。

「如果只有犧牲金黃魔力的人才能拯救魔幻世界，很抱歉⋯⋯我等精靈族會支持黑魔法派，當然⋯⋯那是我們都無計可施之下的最壞方案。」艾蜜莉這想法和現在支持黑魔法派的人一樣，就算是魔幻王國之內，也有很多人贊同。

「我明白⋯⋯」法蘭無法反駁，十年前「魔

界樹」未有枯萎跡象，所以反對黑魔法派的人佔大多數。

但要是「魔界樹」只餘**五年壽命**的消息一傳出，這次支持黑魔法派的人將會大幅增加，因為在世界末日這噩夢之下，為了生存大家也會不擇手段。

古宅之內，穿著黑袍的黑魔法派幹部們正在進行**秘密會議**，他們把收集得來的容器擺放到九頭蛇海德拉面前。

「只有這麼多嗎？」海德拉眉頭一皺。

「我們在收集容器的中途遇到襲擊了。」蠍子女妖說。

「是魔幻學園的人，而前往人界的賽伯拉斯也被公會**捉拿收監**了。」海德拉的得力助手，安德魯的父親說。

「巴哈姆特這頭老龍……總是要阻礙我的計劃。」海德拉氣憤地說。

「海德拉大人，巴哈姆特搶走的容器恐怕就在學園之內，加上學園中還有金黃魔力持有者，不如由我潛入學園解決這些事吧。」黑魔法派的幹部**自告奮勇**，因為這妖魔對自己的特殊技能充滿信心。

「好，學園快要重開，就由你來執行這任務吧。」而這幹部也深得海德拉重用。

新的學期即將開始，經歷過三頭犬一役的迦南和安德魯雖已有所成長，但在新學期裡又會面臨重重考驗。

飛行纜車的車卡之內，迦南和安德魯帶著行李準備迎接新的學期，來訪的朋友遊覽人界數日後已回到自己的家了，但在這車卡之內，還有一個**興奮不已**的人。

「我也好一陣子沒回過**魔幻世界**了，不知學園現在是什麼模樣呢？」迦南的媽媽同樣帶著行李。

　　「為什麼……媽媽會跟我們一起回去的？」迦南**尷尬地**說。

　　玥華收到來自魔幻學園的邀約……

唉呀，是校長邀請我到學園任職的。

「但媽媽你使用的是符咒，但我們用的卻是魔法杖啊。」迦南也對符咒這種道具感到好奇。

「是東方學園的校長邀請我的，學園相信會有**一番新景象**呢。」玥華重返校園，其中一個原因是因為迦南是黑魔法派的目標。

另一個原因，是在東方學園裡還有一位擁有金黃魔力的學生。

西方學園的校長室內，迦南和她的媽媽一到達學園就前往拜訪，因為東方學園的來賓已在等候。

「很久沒見了，當日的**頑皮丫頭**現在已為人母了呢。」東方學園的麒麟校長微笑著說。

「校長！你別在我女兒面前取笑我啦！」玥華以前也是一位**不聽話**的學生。

「這位就是迦南了吧，金黃魔力的持有者。」對兩位校長來說，迦南也是需要特別留意的學生。

「玥華，我們邀請你來，是希望你特別指導一位學生，這位學生因為個別原因……今個學期會從東方學園轉到西方學園上課。」巴哈姆特拿出該名學生的資料。

「這種事情以前從未發生過吧？可以告訴我箇中原因嗎？」玥華疑惑地說。

然而在校長室外的走廊上，卻傳來吵鬧的追逐聲響。

「外面真吵呢。」迦南打開房門探頭到外面看。

人狼卡爾全力奔跑，但追著他的人身手同樣了得。

「果然不愧是我的**未婚夫**，跑得真快

呢！但我可是九尾妖狐呀，你就乖乖停下來和我好好親近下吧！」來自東方學園的轉校生，正是這位嬌俏的九尾狐少女。

「吓！卡爾的未婚妻？」迦南驚訝地說。

「我不認識她的！我什麼時候多了個未婚妻呀？」卡爾急轉彎躲到迦南身後。

「這位就是轉學過來的學生吧，和迦南一樣擁有金黃魔力的九尾妖狐。」玥華受邀指導的學生就是眼前活力充沛的女孩。

「大家好！我是卡爾的未婚妻，九尾狐四葉，新學期就請大家多多指教啦！」四葉繼續追向卡爾。

來自東方學園的四葉同樣是黑魔法派想要的目標，而這位九尾狐少女更和人狼卡爾有婚約在身，新的學期將會比過去更熱鬧，而卡爾的感情生活也將發生巨大變化。

我的
吸血鬼同學

人狼與九尾狐

卡爾突然多了一個未婚妻——
東方的九尾狐可愛登場。
迦南會和她成為朋友嗎？

吸血鬼王子墮入魔道！
學園再受黑魔法派襲擊！
新學年的魔法學園，
依舊危機重重。

vol.3　經已出版

創造館 青少年圖文小說

花花漾

U0023013

創作繪畫	余遠鍠
故事文字	陳四月
策劃	YUYI
編輯	小尾
封面設計	Zaku Choi
設計	siuhung
出版	創造館
	CREATION CABIN LTD.
	荃灣美環街 1-6 號時貿中心 6 樓 4 室
電話	3158 0918
發行	泛華發行代理有限公司
	香港新界將軍澳工業邨駿昌街七號二樓
印刷	高科技印刷集團有限公司
出版日期	第一版　2019 年 7 月
	第四版　2023 年 7 月
ISBN	978-988-79217-5-2
定價	$68
聯絡人	creationcabinhk@gmail.com